Mon papa, c'est un dragon !

Catherine Kalengula
Marc Boutavant

 Editions Lito

Filipo est tout nouveau.
Il est arrivé en classe, comme ça,
un beau matin, l'air de rien.

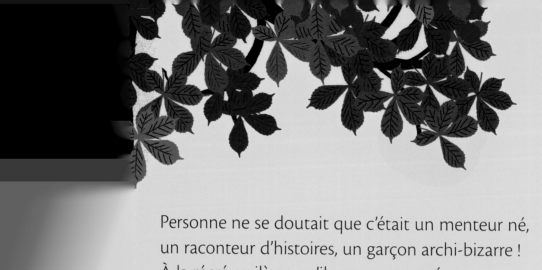

Personne ne se doutait que c'était un menteur né,
un raconteur d'histoires, un garçon archi-bizarre !
À la récré, voilà ce qu'il nous a raconté :
– Mon papa, c'est un dragon !

Tout le monde l'a regardé.
On l'a pris pour un fou,
pour une raison évidente comme tout :
les papas dragons ont des petits dragons,
et pas des petits garçons !

On a tout de suite su que c'était des salades,
alors on ne lui a même pas répondu.
Et puis, les dragons, ça préfère griller des saucisses
ou brûler les fesses des petits garçons
qui racontent des histoires !

Ensuite, Filipo a dit :
– Ma maman, c'est un oiseau !
Il a agité les bras, pour nous montrer
comment elle fait pour voler.

Bon, au début, j'ai failli croire à cette histoire.
Après tout, ça avait l'air fastoche. Alors, j'ai essayé.
J'ai remué mes bras pendant toute la récré.

Mais je ne me suis pas envolée.
Par contre, les autres ont bien rigolé !

Et pour finir, Filipo a ajouté :
– Ma nounou, c'est un éléphant !
Ça alors ! Ma nounou à moi est une dame
tout à fait normale. Une nounou éléphant,
ce n'est pas banal !

On peut grimper sur son dos,
ça doit être rigolo !
Avec sa trompe, elle peut même
nous arroser quand il fait trop chaud.
Quel petit veinard, ce Filipo !
Mais les autres disent que ce sont des histoires…

Ddrrring ! C'est la fin de l'école.
Devant la sortie, il y a une drôle de carriole tirée
par un éléphant, avec un monsieur devant.
À côté de la carriole, une jolie dame fait des pirouettes.

– Ce soir, venez admirer les numéros
du grand cirque Filipo !
Le cracheur de feu, la sublime trapéziste,
sans oublier le petit dresseur d'éléphant !
Vous êtes tous invités, petits et grands !

Et, hop ! Filipo a sauté sur l'éléphant,
puis il est parti en souriant,
avec son papa et sa maman…

Dans cette collection :

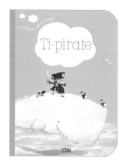

© Lito, 2014
ISBN 978-2-244-40738-8

www.editionslito.com

Lito 41, rue de Verdun 94500 Champigny-sur-Marne
Imprimé en UE
Loi n° 49-956 du 16 juillet 1949
sur les publications destinées à la jeunesse
Dépôt légal : mai 2014